續行的腳印

台客詩集

台客——著

序一

清新樸實的詩篇

——序台客詩集《續行的腳印》

古繼堂

每讀台客的詩，總有一種新鮮獨到的感覺。像台灣民歌「走在鄉間的小路上，牧童的歌聲在盪漾」，是那樣清新、純樸，優雅別致；如品剛剛成熟的蓮霧，汁甜肉脆，消暑解渴；像「澎湖灣、澎湖灣，外婆的澎湖灣」，是那樣親切優美，發人遐思，頓時將人引入故鄉熱土；也像石頭公園的天然奇石，千姿百態，幻境迭出，但卻不是人工雕琢，讀者的收穫恰恰是客體激發自己藝術想像的結果。台客的詩，正是那優雅的鄉間小路，正是那親切的澎湖灣，正是那樸拙的天然奇石。

一、移花接木，化渺小為神奇

詩人文曉村，是我們的好友，是台客的恩師，是詩壇永不熄滅的小燈。他坎坷而傳奇的一生，記載了中國一段非凡的歷史。抗美援朝，海峽分割，斷骨再接，實現三通。就像文字雖小，卻是波瀾壯闊歷史洪流的載體。文曉村雖然不算偉大，但他卻是偉大時代的締造者之一。台客靈感一動，突發遐想，將文曉村早年的一首小詩〈一盞小燈〉移花接木，將之變成照耀中國歷史之明燈，這盞小燈跟隨文曉村：

曾經在荒原的曠野上　亮著
曾經在深夜的大海上　亮著

請注意「荒原的曠野」和「深夜的大海」這種語詞深沉的象徵內涵，這是中國苦難歷史之概括。從這裡我們不難想像到，那苦難和戰爭的歲月。能照亮中國苦難和戰爭歲月的，不是一般的小油燈，那是千千萬萬個與祖國共生死的文曉村們的生命之燈。那盞小燈的內涵和意義已被詩人擴大了千百倍。它已經變成了一種藝術之燈。這盞小燈幾度轉折之後，最終又回到了悼念文曉村的主題上。如今這盞小燈卻無情地被歲月之風所吹滅。詩中小燈的角色，幾度暗轉而不留痕，這是一種藝術修煉。

二、觸目驚心，令人歎息

台客這部詩集中有一首〈人生六十感懷〉：

竟然已走到了這裡
人生第六十個驛站
放眼四野蒼茫
遠山白雪皚皚覆蓋

這首小詩既不華麗，也不深刻，既不誇張，也不雕琢。但讀它時心中卻蹦蹦亂跳，幾乎催人淚下。「竟然已走到了這裡」，猛一聽，彷彿走到了懸崖絕壁，走到了人生盡頭。再一看，是詩人到了「人生第六十個驛站」。人生到了六十大關，是由中年步入老年，是個重大關口。人人都會不禁驚呼。我剛進入六十歲時，猛聽人叫「老大爺」我感到是受到了「傷害」，反問發話人「你是叫誰呀？」發話人理直氣壯回說「是在叫你呀」。有一個女同事，第一次被人稱為「老太太」，與人大吵一場。人們很不情願進入「六十」這一關，這是一種「生命之戀」的感應。這首詩以真切、深沉、驚詫的手法，打動人心，觸動人們的敏感神經。令每個過「六十」大關的人都感同身受。

三、一針見血，針砭時弊

「三一九」是台灣歷史之恥，也是野心家和陰謀家的殤葬日。請看台客的〈三一九〉一詩：

兩顆子彈
一道傷痕
從此，歷史喊痛
　人民痛喊

為了竊取台灣領導人的地位，為了搶奪台灣人民的財富，竟然讓子彈竄過自己的肚皮，瞞天過海，以悲情欺騙民眾，坐上了「總統」寶座，真是千古奇聞，滑天下之大稽。對於這無恥至極的事，台客只用了四句話，十八個字，就將其內涵、性質和意義及詩人對它的批判，講得一清二楚。精闢、精煉到了極致。其語句的調整和變化，是那麼輕鬆自如。一字之變內涵俱鮮。如「歷史喊痛」是歷史受到了愚弄和傷害。而「人民痛喊」是人民的痛罵。兩個詞的位子一調，便釋放出了不同內涵。

四、博大胸襟，浩蕩情感

台客始終有一種大中國的情懷。他是台灣本土人。他熱愛台灣，也熱愛大陸。祖國的每一塊土地在他的天秤上，都有同樣的分量。翻開他的每一部詩集，只要寫到祖國，都激情飽滿，頌聲飛揚。本詩集中歌頌祖國的詩，更為突出而響亮。〈記七月四日這一天〉他寫道：

大時代的悲劇
不能任其無止盡蔓延

……
歡迎啊彼岸來的貴賓
我們本來就是姐妹兄弟

這樸素的語言，卻飽含著骨肉深情。這普通的詩句，卻傳達著偉大的使命。七月四日是實現「三通」的一天，是被割斷的血脈，重新接通和流動的一天。一句「我們本來就是姐妹兄弟」，就表達了千言萬語。再請看〈五環緩緩升起〉，這是描寫奧運的詩。奧運是中國崛起的象徵。是中國國際影響達到高峰的標誌。每一個中國人，每一個炎黃子孫，無不為之驕傲和高興，台客在這首詩中寫道：

中國中國萬方來訪
中國中國不斷壯大
如今它像一條巨龍
屹立亞洲，擁抱世界
深深的祝福

深深的期許
我在寶島台灣一隅
默默仰頭，向它敬禮

讀了這首詩，一個忠誠的中國之子，一個深深熱愛祖國的炎黃子孫的赤膽忠心，無遺地表露在祖國面前。

台客的詩除謀篇煉意之外，在煉句方面也有斬獲。如「閃亮的刺刀在槍尖上冷笑」又如「一個遍地狼嗥的深夜裡」。前者表現陳水扁之流對人民的凶殘，後者形容滿清末年的景況。形象準確、生動、鮮明而富有個性。在此文的結尾，我想起唐朝詩人劉禹錫的兩句詩：「沉舟側畔千帆過，病樹前頭萬木春」正是中國當前面臨的形勢。所以中國人愛中國，外國人羨慕中國。

二〇一一年九月一日於多倫多

＊本文作者古繼堂係前北京中國社科院文學研究所研究員，名詩評家，已出版著作《台灣新詩發展史》等十餘種。

序二

筆意蔥蘢，韻味充足

——序台客《續行的腳印》

古遠清

台客的第十一本詩集《續行的腳印》在台北出版，這讓兩岸讀者再次有機會認識這位繼文曉村之後高擎「健康、明朗、中國」大旗的詩人。歲月的花瓣不停地凋落，已過花甲之年的他，不變的是一顆溫熱摯誠的詩心，其思想鋒芒和藝術創造力仍像年輕時那樣活躍。僅最近五年，他頻繁地往來於海峽兩岸，在有影響的報刊發表了大量的詩作。目前這個選本，便反映了他詩歌創作成就的一個側面。

二〇〇七年冬天，對「葡萄園」詩社來說，是一個重要的分水嶺。那一年，《葡萄園》詩刊的靈魂人物文曉村——這個曾經在荒漠的曠野裡亮著、曾經在深夜的大海上亮著的一盞小燈，終於吹起了熄燈號。從那以後，接受文曉村所豎起的民族主義大旗而將其發揚光大的重任，便落到了台客這一代中年詩人身上。當年，《葡萄園》詩刊的創辦及其旗手的仙逝，這一當代台灣新詩史上具有重要意義的事件，給台客的創作思想銘刻下深深的印痕。如果把創作思想與個人心靈互為印證的話，那台客的文學創作道路就以他擔任《葡萄園》詩刊主編之前和之後劃為兩個階段，前者照見詩人的創作史，而後者映現詩人兼編輯家「迎向詩神召喚」的靈魂。

在台灣，寫詩是一種寂寞的歲月，是一種近乎「自殺」的行為。它沒有市場，也沒有讀者，更不可能有粉絲。它不能掙到銀子，反而要貼去大量的金錢和時間。可台客從不在詩歌寫作道路上畏縮和退卻。這是一位頑強而有自己追求的作家，詩作均從生命的深處噴湧而出，而且越寫越大器，越透出一位詩人的社會責任心。「感時篇」便說明作者不是一位不食人間煙火的作家，而是時刻關心著當前社會中的重大問題，並對現實的挑戰作出自己答案的詩人。他這些觸及時事的詩，不是政治的圖解，而是通過藝術將其思想形象地道出，如〈一群綠頭蒼蠅〉，作者只寫這些蒼蠅成天嗡嗡嚶嚶四處亂竄，不斷擾亂著人們的視線，而不具體寫這蒼蠅指的是誰，但關心台灣政治的讀者均不難讀出其中含意然後發出會心的微笑。〈壽國永昌〉，因在大陸某詩會上朗誦而惹禍，但作者寫「中華民國」因「土八路的步槍」打得其「倉皇出走，來到海上一個蕞爾小島」，卻是大實話，由此也可看出台客詩作的一個重要特點：寫得看似隨意，極其恬淡，但又極其嚴肅，極其認真，從中濃縮了一部民國史。〈他們都是在演戲〉，則可看出作者超然的立場。不論藍綠，不論黨派，也不論省籍，只要開會上演全武行，詩人均不贊成，均持否定態度。作者選取一個政治會議「演戲」的場面和鏡頭，就將台灣當今族群撕裂作了形象的反映和評價，這沒有一定的功力是寫不好的。

台客的詩作繼承了文曉村等老一輩詩人反對晦澀詩風的傳統，不崇尚華麗的語言，而是以冷靜、簡潔的口語化語言道出深刻的事理。像〈一群黑蝙蝠〉，寫阿扁的貪污腐化，然而全篇無「扁」無「貪」字樣，只通過「一群黑蝙蝠」「大口大口地吸／吸牛羊牲畜的血／吸人類的血」表現其作惡多端，這正是「不著一字，盡得風流」。可見，「明朗」不是一覽無遺，它是建立在含蓄的基礎上。正因為含蓄，「明朗」才不會等同於大白話；正因為「明朗」，含蓄才不等同於晦澀，叫你猜了半天而不明其中意。

台客的詩，我更喜歡讀的還有他「山水映象」中的景物詩。作者無論是寫江西的三清山，或越南的下龍灣，或土耳其的博斯普魯斯海峽，我經常被其詩性的語言和描繪的精當所打動，被他所描寫的碧藍的湖水、浩渺的煙波所吸引。像〈喀納斯湖頌〉，先是將這座湖比作天上王母娘娘手中所持的一面明鏡，後又比作一塊靜靜躺臥於群山之間一塊深綠美玉，這種繪形傳神的比喻，構成神完意足、栩栩如生的境界。作者仍嫌不足，後面又用有關「湖怪」的神秘傳說去補充和點綴，從而讓上述的描繪登上了「神似」的高地。再讀〈路過賽里木湖〉：

一大片碧藍的湖水
向我們迎面撲來
浩渺而幽遠，一顆
讓人讚嘆的高山明珠

天山的雪水滋潤你
而你滋潤著周遭萬物
走近你身旁捧起一掌清涼
我內心有莫名的激動

這裡用「高山明珠」比喻賽里木湖，仍是以實喻實，以彼物比此物的佳喻。作者前後寫不同湖泊所用的不同比方，使人感到作者彷彿展開了一場曠日持久的接力賽，使人目不暇接，蔚為大觀。

詩學即人學。《續行的腳印》寫文曉村、寫周興春、寫法鼓山聖嚴法師、寫莊雲惠、寫同學會，無不筆意蔥蘢，韻味充足。這裡不再饒舌，請讀者自己欣賞。是為序。

二〇一一年九月三日於武漢

＊本文作者古遠清係武漢中南財經政法大學世界華文文學研究所所長，名詩評家，已出版《台灣新詩發展史》等著作四十三種。

輯一 感懷與有贈 21

輯二　感時篇　55

輯三　山水映象 113

輯四　抒情篇　235

《續行的腳印》後記　277

輯一

感懷與有贈

西藏哲古草原即景

敬禮

——悼大象林旺

敬禮，向一位戰士
曾經出生入死
印緬叢林中
拖著重重火砲
予敵軍致命打擊

敬禮，向一位老兵
從緬甸、雲南、廣州
千里跋涉，狂風暴雨中

渡海來台，見證
一段艱辛的歷史

敬禮，向一位長者
身揹四代人共同回憶
動物園中的人氣明星
啊！牠終於倒下
在國人一片哀惋聲中

（二〇〇六年三月七日《青年日報》副刊）
（收入二〇〇八年六月《大詩壇》詩選集）

勇者，你的名字
——敬悼周興春詩友

勇者，你的名字
我們高高將你托舉
並為你緩緩升起
一面美麗的詩的旗幟

血癌，像一群惡魔
不斷啃嚙著你的肉體
但你堅持不肯投降
和它們奮戰到底

你舉起詩的標槍
你射出詩的子彈
雖然知道敵軍強大
但你不屈不撓

這一刻呀，這一刻
雖然你倒下了
但這不是你的錯
戰士光榮的倒在戰場

勇者，你的名字
我們高高將你托舉
並為你緩緩升起
一面詩的莊嚴的旗幟

續行的腳印
——台客詩集

後記：山東德州教授、詩人周興春，數年前得知罹患血癌之後，持續以筆代槍，創作不懈，數年來計成詩數百首，出版有詩、論集共四冊，此種抗擊癌症之精神，令人感佩。二〇〇六年十月二十日凌晨，詩人悄悄地走了。

（二〇〇七年元月《華夏春秋》季刊第六期）

妳的詩、妳的畫

——贈女詩人莊雲惠

妳的詩
秋日裡盛開的櫻花
陽光照耀下
滿山映紅
如此賞心悅目
令人深深陶醉

妳的畫
春日裡搖曳的百合

藍空如洗
有群鷗點點自在飛翔
如此的空靈絕美
天人合一的境界

歲月花瓣
片片不停地凋落
改變的是不可抗拒的
現實時空環境
不變的是妳一顆
溫熱摯誠的詩心

（二〇〇七年十一月《葡萄園》詩刊一七六期）
（二〇〇九年八月山西「鳳梅人」月報）

熄燈號

——悼文曉村老師

熄燈號
終於吹起
那一盞小燈
曾經在荒漠的曠野上　亮著
曾經在深夜的大海上　亮著
如今卻被吹熄
在聖誕日歡慶的午後

我們掩卷嘆息
不知該為您的
脫離苦難而高興
還是為您的離去而悲傷
不可承受之重啊
心靈雖極度清醒
身體卻不堪折磨而變形

整整八十個年頭
您用一生寫成
一部傳奇，一本
豐厚的大書，足夠
我們仔細翻閱

我們將追隨您的腳步
迎向詩神的召喚

熄燈號
終於吹起
那一盞小燈
曾經在濃霧的島上　亮著
曾經在漆黑的陸地　亮著
如今卻被吹熄
在一個冬日蕭索的午後

（二〇〇八年二月《葡萄園》詩刊一七八期）
（二〇〇八年五月「中華日報」副刊）

法師的風範
——悼法鼓山聖嚴法師

法師的風範
讓我們深深景仰
馬總統也感嘆的說：
「台灣曾經有您，真好！」

一生在坎坷中成長
卻能以毅力逐一克服
行有餘力則以濟世救人
打造一個佛法慈悲世界

即使大限來臨
也以寂滅為樂
台灣是個有情島
他發願下次乘風再來

走過一生八十個年頭
度化了千千萬萬眾生
如今他走了連骨灰都植存
但風範卻早已深植人心

（二〇〇九年三月世界論壇報「世界詩葉」）

文老師，您最近好嗎？

文老師，您最近好嗎？
是否仍如往常一樣
每日忙著為人寫序作跋
每日忙著推敲詩句，或者
參加一個又一個的詩會

文老師，您最近好嗎？
是否仍如往日一般
午後漫步至圓通寺山上

做做健身操，或者
和一群山友摸兩圈衛生麻將

文老師，您最近好嗎？
自從兩年多前您離我們而去
葡萄園裡的葡萄
再也不如以往一樣甘甜
您知道為什麼嗎

文老師，您最近好嗎？
如今在天上，您是否
一如往昔遙遙關注著我們
又一季的葡萄成熟了
多希望與您一起共享

文曉村（左二）生前和葡萄園詩刊同仁訪大陸合影

後記：《葡萄園》詩刊創社社長、前主編文曉村先生，二〇〇七年十二月二十五日去世後，轉眼又已兩年有餘，謹以此詩懷念之。

（二〇一〇年二月《葡萄園》詩刊一八五期）

（二〇一〇年六月山東《超然》詩刊十三期）

人生六十感懷

竟然已走到了這裡
人生第六十個驛站
放眼四野蒼茫
遠山白雪皚皚覆蓋

走過無憂的童年的春
走過燦爛的青年的夏
走過穩重的中年的秋
如今，面對的是一季酷冷的冬

而我還無法休息
路途艱辛仍需持續努力
或許有一天我力盡倒下了
台下才會有稀疏的掌聲響起

（二〇一〇年五月《葡萄園》詩刊一八六期）

同學會

——給曾經同窗四年的大學同學們

三十九年前夏季
一場命運的聯考
把我們連結在一起
我們像一隻隻生澀的乳燕
脫離家庭溫暖的懷抱
從全台灣各地
飛向這座南方的城市
為實現各自的
志趣與理想而努力

四年時光說長不長
說短也不短
一千多個晨昏
我們有緣相聚
課堂裡有我們朗朗的讀書聲
課堂外有我們運動的汗水
星期假日有時
我們更相偕出遊
南台灣風景區處處
留有我們爽朗的笑聲

然後我們分手了
像長大的燕子飛向

各自理想與抱負的天空
有的留在島內
為培育英才而努力
有的遠赴國外
為更上一層樓而奮鬥
如此轉眼匆匆
三十五年時光悄流逝
多少懷念與不捨埋心中

如今我們都已即將
邁入人生耳順的大關[1]
寒冬即將來臨，您瞧
他與她的頭頂上都已
下滿皚皚的雪白

畢業三十餘年後的大學同學會

人生到此無聲勝有聲
難得老同學再聚首
乾吧！讓我們痛痛快快
共同再浮一大白

（二〇一〇年六月《紫丁香》詩刊第三期）

[1] 子曰：「吾十有五而志於學，三十而立，四十而不惑，五十而知天命，六十而耳順，七十而從心所欲，不踰矩。」

重返母校

重返母校
四十年時光悄流逝
母校還年輕
而我們已垂垂老矣

一群年近花甲的歐G桑
校門口相見不相識
待仔細端詳才不禁驚呼
你是當年的某某某

你是當年的某某某
臉型猶可辨但鬚髮已斑白
你是當年的某某某
聲音猶可識惟身材已變形

一群老傢伙就這樣在校門口
驚呼連連忘形喧譁
惹得校警及他飼養的一隻流浪犬
也探頭探腦出來看個究竟

重返母校
四十年時光悄流逝
母校還年輕
而我們已垂垂老矣

後記：二〇一〇年十二月十一日下午，返回闊別四十年的板橋高中母校參加同學會，有感。

（二〇一一年二月《葡萄園》詩刊一八九期）

歡迎辭

——給來台參加第三十屆世界詩人大會的大陸詩友們

歡迎，歡迎你們的到來
祖國的大陸的同胞
可親可敬可愛的詩友們
歡迎你們來到寶島台灣

台灣海峽，一道
深深又淺淺的天塹，曾經
長期阻隔我們的來往
如今，它再也不是障礙

歡迎，歡迎你們的終於到來
台灣的阿里山日月潭歡迎你們
台灣的太魯閣合歡山歡迎你們
台灣的詩友正高舉滿杯為你們祝福

也歡迎你們把此行滿滿的感想
化為一篇篇精美的詩章
讓詩章乘著歌聲的翅膀
在海峽兩岸之間不斷飛揚

（二〇一一年二月《葡萄園》詩刊一八九期）

一位不平凡的阿嬷

——讀《不凡的慷慨——陳樹菊》一書有感

一粒小小行善的種子
就這樣悄悄地種下
當您童年時因家貧
接受來自國小母校師生的資助

四十多年如一日
您把最少最苦的留給自己
而把最多最好的全部
留給您的家人及社會

您多像啊那一盞燈
自己在寒風中澀澀發抖
卻把溫暖與希望
永遠留給夜歸人

您終身無尪無子
但您卻有千千萬萬個孩子
您嚴苛待己家無恆產
但您卻是精神最富足者

「留德不留財」
「吃人一口還人一斗」
您雖僅僅小學畢業

卻勝過多少高級知識分子
如今您仍然每天忍著腳痛
在台東中央市場賣菜
一個最平凡的身影
一位最不平凡的台灣阿嬤

後記：陳樹菊，一位菜販，四十多年來默默行善助人，捐款近千萬元。二〇一〇年榮獲美國《時代》雜誌選為最具影響力百大人物，《富比世》雜誌選為亞洲慈善英雄等。

（二〇一一年三月《紫丁香》詩刊第四期）
（二〇一一年六月《鄞人天地》月刊四九六期）

軛，終於卸下
——退休感言

軛，終於卸下
那頭老牛
輕輕地噓了一口氣
仰頭望天

回首來時路
有時風雨有時晴
一位曾經英挺煥發的青年
如今已是一位鬢髮皆白的老者

日子的田畝就這樣
日日夜夜不停耕耘
從白天到黑夜，從春夏到秋冬
如此過了多少年？

一頭終於卸下苦軛的老牛
悠然地躺於樹蔭下
望著天邊將落未落的夕陽
想著如何安度的晚年

（二〇一一年十月世界論壇報「世界詩壇」）
（收入二〇一二年七月《三月采風》詩選集）

一群種詩的人

——賀三月詩會成立二十年

一群種詩的人
他們急急忙忙的
趕在天黑之前
不停地不停地努力工作

他們對詩是如此的癡情
他們對詩是如此的嚮往
從年輕到年老
甚至不知大去之將至

他們對詩是如此的堅持
他們對詩是如此的迷戀
二十個年頭過去了
始終不離不棄不散

啊啊！這一群種詩的人
他們把星星種成太陽
他們把寒冬種成春暖
他們也把自己種成了偉岸

（二〇一二年二月《葡萄園》詩刊一九三期）
（收入二〇一二年七月《三月采風》詩選集）

輯二

感時篇

新疆空中草原放牧

九月，在凱達格蘭大道

九月，在凱達格蘭大道
空氣中嗅得到緊張氣息
偌大的廣場惴惴不安
和平鴿早已飛離

九月，在凱達格蘭大道
成排的拒馬路口靜默待命
閃亮的刺刀在槍尖上冷笑
遠方有風暴成形

九月，在凱達格蘭大道
人民從四面八方聚集
他們點燃憤怒抗議的火把
燒向一群吸血的蝙蝠

（二〇〇六年九月世界論壇報「世界詩葉」）

感時三章

・三一九

兩顆子彈
一道傷痕
從此，歷史喊痛
人民痛喊

・真相

一株幼苗
被層層壓覆

終有一日
它會破土而出

・騙徒

騙得過全世界
騙不了自己的良心

午夜，那人夢迴
頻頻向上帝告解

二〇〇八年三月十九日「三一九」槍擊案兩周年寫
（二〇〇八年三月世界論壇報「世界詩葉」）

四川大地震六首

・地牛又翻身

地牛又翻身
在遙遠的四川盆地
僅僅是百餘秒鐘的搖晃
造成了無可彌補的遺憾

這裡那裡彼縣此鎮
到處是危樓死屍死屍危樓
電視中不停傳來的災情畫面

濡濕了我紅腫的雙眼
那裡我曾多次造訪
認識無數可敬的文朋詩友
如今他們可還安好
一顆懸念的心高高掛起

・鬼域

鬼域如今不在酆都
而改在汶川、綿陽、映秀、什邡市……
啊！放眼盡是罹難屍體
啊！放眼盡是斷垣殘壁

市區一片死寂
只聞鬼聲啾啾

寒風冷冷淒淒
苦雨密密急急

・娃們都死了

娃們都死了
一具具冰冷的屍體
成堆的躺在校園空地

母親們掩面哭泣
椎心之慟
誰人不為之動容？

大地只微微伸展一下腰骨
卻帶給人類
永遠無法彌補的折磨與傷痛

．一架起飛的專機

一架起飛的專機
昂然衝向天際
它要從台北起飛
直達成都機場

裡面滿滿載著
百餘噸的救濟物資
這些都是台灣同胞

對彼岸災民的滿滿愛心
愛心無國界
更何況兩岸血濃於水
專機啊速速抵達
將我們的愛心傳遞

・溫總理您好

溫總理您好
但請您讓路
雖然我只是一個小女孩
但我如今身受重傷
躺於擔架急急送醫

溫總理您好
但請不要摔電話
我們解放軍確實是人民養的
一定會徹底執行命令
把十萬災民一一救起

溫總理您好
但請不要行此大禮
我們只是一群小老百姓
如今不幸變成了罹難遺體
躺於地上慘慘悽悽

溫總理您好
但有些人是有懷疑

說您只是在演戲
就算是演戲吧
要演好這齣戲可還真不容易

・我還活著

我還活著
經歷了天搖地動
經歷了生離死別
經歷了顛沛流離
經歷了我這一生的不可能

我還活著
而我已一無所有
房舍田園沒有了

親人妻兒沒有了
甚至我活著的信心也沒有了

我還活著
在四處都是巨石擋阻
不斷隆起與崩塌的道路上
隨著人群，倉倉皇皇趕路
我卻不知要趕往哪裡？

而數不清的餘震
仍死死追纏著我
而泥石流而堰塞湖
而瘟疫而各種謠言
仍不斷驚嚇著我

天地之大何處有我容身？
啊！自從五一二那場
驚天動地的大地震之後
很幸運的
我還活著

二〇〇八年五月十二至二十日寫
（二〇〇九年五月重慶《五月》詩刊）

記七月四日這一天

台灣海峽的天空
今天特別繁忙
一架又一架的包機
不斷來來往往

整整六十個年頭
這個海域冷冷清清
除了海鳥的飛越
只有戰機的呼嘯

戰爭像一把利刃
斬斷了連繫的臍帶
多少人翹首藍天
日日思親無眠的夜晚

大時代的悲劇
不能任其無止盡蔓延
誰是那位睿智的領導
做出符合人民的期待？

在桃園國際機場裡
一架彼岸南航客機緩緩降落了
四輛消防車早已準備妥當
立即噴出「洗塵」的歡迎水柱

在入境大廳裡
數十位高山原住民舞蹈著
還有各種舞龍舞獅團體
表達衷心熱烈歡迎之意

歡迎啊彼岸來的貴賓
我們本來就是姐妹兄弟
六十年的隔閡不堪回首
一朝相聚盡展歡顏

二〇〇八年七月五日有感「兩岸包機直航」
（二〇〇八年八月《葡萄園》詩刊一七九期）

想起八二三

想起八二三
就想起一首歌
如此慷慨激昂雄壯
藍天白日下高唱
多少男兒漢熱淚盈眶

想起八二三
就想起一群人
他們以自己的生命換取

絕大部分人的免於奴役
至今我們猶深深感念

想起八二三
就想起一座島
如何以彈丸之地忍受
無以計數砲火的洗禮
卻始終以花崗岩的硬頸撐持

想起八二三
啊！我體內的熱血
猶在洶湧澎湃狂嘯
儘管時間已過了半個世紀
兩岸且又悄悄翻了新章

（二〇〇八年七月「青年日報」副刊紀念八二三砲戰五十週年徵文）
（收入二〇〇九年六月出版《詩藝浩瀚》詩選集）

五環緩緩升起

五環緩緩升起
千萬朵燦爛的煙花爆開
鳥巢裡人聲鼎沸
五大洲人群齊聚於此

這是二〇〇八的北京奧運
整整等待了一百年
中國人再也不是吳下阿蒙
個個臉上充滿了自信

在各個競技運動場上
他們紛紛展現實力
金牌銀牌銅牌一塊塊
納入辛勤耕耘的口袋

中國中國萬方來訪
中國中國不斷壯大
如今它像一條巨龍
屹立亞洲，擁抱世界

深深的祝福
深深的期許
我在寶島台灣一隅
默默仰頭，向它敬禮

（二〇〇八年八月廣州「華夏詩粄」）
（二〇〇八年十一月《葡萄園》詩刊一八〇期）
（收入香港蔡麗雙主編二〇〇九年二月出版《祖國讚》詩選集）
（收入二〇〇九年六月出版《詩藝浩瀚》詩選集）

這一隻碩鼠

這一隻碩鼠
曾經長期躲在
一座豪華穀倉裡
大吃大喝，且A走
一袋又一袋
黃金般上好的穀粒

而今東窗事發
碩鼠不斷四處逃竄
且齜牙咧嘴，威嚇著

欲逮捕牠的執法者
眼看網子越收越緊
碩鼠入籠日期不遠

（二〇〇八年十一月《葡萄園》詩刊一八〇期）
（收入二〇〇九年六月出版《詩藝浩瀚》詩選集）

海角七億

海角七億
一筆龐大的骯髒款
貪婪者運用權勢
五鬼搬運的結果

以為東轉西轉
全世界轉透透
就神不知鬼不覺
豈知人算不如天算

「這是選舉結餘款，
這是海外建國基金！」
貪婪者猶四處趴趴走
大言不慚，死不認錯

老百姓再也看不下去
紛紛嗆聲：
「貪婪者應槍斃！
把他關到死！」

（二〇〇八年十一月《葡萄園》詩刊一八〇期）
（收入二〇〇九年六月出版《詩藝浩瀚》詩選集）

肥貓與瘦鵝

他們是肥貓
一隻隻，白白胖胖
被養在豪宅美屋裡
每天大魚大肉不斷
主人來了，牠們
喵喵不斷，扭轉身軀
極盡諂媚之能事

我們是瘦鵝
一隻隻，乾乾癟癟

為謀得生存
每天在生活的田園裡
辛苦覓食，從來
沒有人關心我們的死活
有時還要面對天外橫禍

（二〇〇九年四月黑龍江《星光》詩刊第三期）
（二〇〇九年六月山西「鳳梅人」月報）

大三通感賦

曾經，對著中國地圖
我有一種欲哭的衝動
那一個個城市一條條江河
都是如此的熟悉
卻一直無法親眼目睹
它們的廬山真面目

後來，我能前往了
卻一直得繞~~道
直線距離兩三個小時

卻得花費一整天
如此折騰了幾多年
浪費大量的時間與金錢

如今，雙方終於想通了
可以走直——線
兩岸從戰爭對峙到和平
整整走了六十年
六十年是一甲子啊
人生有幾個六十年？

（二〇〇九年十月世界論壇報「世界詩葉」）
（二〇〇九年十一月《葡萄園》詩刊一八四期）
（二〇〇九年十二月山東《趵然》詩刊十二期）

壽國永昌

——中華民國百歲生日快樂

走過風
走過雨
走過烽火連天的歲月
走過血花飛舞的年代

在一個遍地狼嗥的深夜裡
您悄悄的誕生了
一個腐朽王朝曾經因驚懼力阻您
最終證明徹底失敗而走入歷史

但您的生命一直乖舛
從幼年、青年到成年
軍閥與日寇的打擊像潮水
每一個浪頭都幾乎讓您致命

在您稍可喘口氣的三十八歲時
一個姓毛的拿起土八路的步槍
打得您倉皇出走
來到海上一個蕞爾小島

您在這兒站穩腳根
並且埋頭苦幹

幾十年來的辛勤打拼
為自己再掙得一片天

如今您已經百歲了
回首往事艱辛倍嚐
期盼您在未來的日子裡
再創高潮，壽國永昌

（二〇一〇年十一月《葡萄園》詩刊一八八期）

一群綠頭蒼蠅

一群綠頭蒼蠅
嗡嗡嚶嚶，整天
在我的頭頂上盤旋
揮之不去，趕之不走
一群令人討厭的傢伙
牠們熱愛逐臭
也喜歡沾染美食
一度，牠們成功的盤踞住
一座百層大蛋糕的美屋
得之不易，牠們集體

肆無忌憚大吃大喝
吃相難看，終於
引起大家的反感
費盡心思把牠們趕走
但牠們並不死心
仍然成天嗡嗡嚶嚶
四處亂竄，不斷
騷擾著人們的視線
唉！這一群綠頭蒼蠅

（二〇一〇年五月《葡萄園》詩刊一八六期）

他們都是在演戲

他們都是在演戲
不論藍還是綠
黑壓壓一片，主席臺前
擠滿了一群散沙
鬧哄哄，有人推
有人擠，有人激動得
丟報告書、紙杯、垃圾桶
啊！一隻計時器突然
從空中竄出
堪堪砸中其中一位的額頭

鮮血直流，緊急送醫
藍的說：「XX應該道歉」
綠的說：「XX理應負責」
就像以往一樣
理直氣壯，各說各話
戲終於演完了
下了場，他們嘻嘻哈哈
有的甚至相約
晚上到PUB乾一杯
獨留下電視機前
一群衝動的傻子
氣憤難平，輾轉難眠

（二〇一〇年七月世界論壇報「世界詩葉」）

梅姬的裙擺

梅姬的裙擺
只輕輕一掃
東北角的宜蘭
發出致命的哀號

雨，潑墨般
直直的倒
泥石流繼之
滾滾侵入了民宅

啊！放眼一片汪洋
熱鬧的大街
頓成了死巷，滔滔泥流中
幾具屍體載浮載沉

而更慘烈的
發生在蘇花道上
一條路斷成幾截
壯闊海景頓成人間煉獄

滾滾巨石挾泥沙
從山壁上沖刷而下
大型遊覽車如玩具般
被推入萬丈的深崖

在這生死一瞬間
也傳頌著一段人性光輝
兩位旅遊工作者[1]
犧牲性命拯救了全車旅客

啊！梅姬的裙擺
只輕輕一掃
東北角的宜蘭
發出致命的哀號

（二〇一一年元月《新文壇》季刊二十一期）

[1] 台灣遊覽車司機蔡智明、大陸女領隊田園，於梅姬颱風外圍環流肆虐，風雨中泥石流擋道破窗時，因先引導全車旅客下車避難，兩人卻因此錯失逃離機會而罹難。

一顆子彈

一顆子彈
貫穿一個頭顱
選前之夜震撼人心
引起一場政治風暴

謠言四起人心浮動
藍綠各自解讀
信者恆信
不信者恆不信

劇情精彩懸疑
彷彿當年三一九翻版
人心的卑鄙齷齪與險惡
也再次得到證明

（二〇一一年二月《葡萄園》詩刊一八九期）

櫻島大震二首

‧櫻花島上的悲劇

櫻花島上的悲劇
在三月初春時節上演
一幕幕不可置信的畫面
讓世人睜大了雙眼

原本柔順的海水
竟成了殺人惡凶

它瀰天漫地的呼嘯湧來
走慢一步你就淪為海中波臣

滔滔海流中但見
一輛輛汽車不斷翻滾碰撞
一棟棟房屋被連根拔起
啊！數不清的屍首在飄移

昨日繁華的一座座城市
今日已然一片枯萎蕭寂
斷垣殘壁中只有
大火徹夜不熄

冷冷晚風中
倖免者陸續返回家園
而家園究竟在哪裡
各個仰首悲嘆望天

櫻花島上的悲劇
在三月初春時節上演
一幕幕不可置信的畫面
讓世人黯淡了雙眼

・大震過後

大震過後
一艘輪船疑惑的問：
「我原在大海航行，

為何如今身處高樓？」

大震過後
一棟房屋不解的問：
「我原住在那町，
何時搬來這城？」

大震過後
一朵朵櫻花紛紛凋零
風雪把它們輕輕掩埋
日本今年不再有春天

（二〇一一年四月世界論壇報「世界詩葉」）
（二〇一一年五月《葡萄園》詩刊一九〇期）

意外

——茉莉花革命

意外，這豈僅是一個意外
一朵小小茉莉花的自焚
竟然引來一場
驚天動地的燎原大火

大火從北非某小國延燒
再蔓延至鄰近幾個大國
中東、阿拉伯半島紛紛著火
啊！火星悄悄飄向紅色中國

火燎之後遍地災情
人民以鮮血向獨裁者抗議
坦克、機槍、大礮，紛紛
不敵一雙雙高舉的赤手空拳

茉莉花啊茉莉花
妳原本美麗潔白無瑕
是人間社會太醜陋
逼得妳不得不血染紅霞

註：茉莉花是北非突尼西亞的國花。

（二〇一一年四月《新文壇》季刊二十二期）

南瑪都襲台

一開始你就聲勢赫赫
從太平洋上空挾帶充沛水氣
以逆時針方向不停旋轉
旋轉成一顆超級大棒球
向一座座島嶼的壘包襲來

菲律賓島國首先遭殃
一棵棵巨樹被連跟拔起
一座座城市紛紛泡水
人們慌如螻蟻般四處逃命
啊！天地之不仁以萬物為芻狗

緊接著你獰笑著調頭一路北上
越過巴士海峽的滔天巨浪
直奔南台灣寶島的恆春
飽受蹂躪記憶的島民早已備戰
只祈求你手下留情有驚無險

趁著月夜黑風高海水漲潮
你終於還是悄悄登陸了
狂風加豪雨不停肆虐
電視中紛紛傳來災情
唉！今晚又是一個無眠之夜

（二〇一一年十二月《紫丁香》詩刊第五期）

聞老李被起訴

那隻老狐狸
再也無法遁逃了
這一次我們
一定要把他送進大籠裡

他曾經扮演
羊的角色
身段如此柔軟
贏得主子的青睞

他也曾扮演
牛的角色
好像一步一腳印
努力耕耘這塊土地

最終啊證明
他只不過是一隻狐狸
露出一截難堪髒臭的尾巴
任人訕笑與唾罵

（二〇一一年八月《葡萄園》詩刊一九一期）

一百歲的祝福

一百歲的祝福
是如此的誠摯
我站在這個美麗的寶島上
滿懷感恩的向您仰望

您啊！一位堅強的中華老人
您啊！一位慈藹的民國長者
曾經，歷經了多少風雨的滄桑
曾經，遭受了多少水火的磨難

翻開您的奮鬥史
一頁頁都讓我們驚心
那些烽火連天的歲月
那些兵荒馬亂的日子

您曾有意氣風發的年代
您也有志氣消磨的時光
俱往矣！這一切
全已化為歷史的灰燼

慶幸您如今依然屹立
在這個復興基地的寶島上
且綻放無比的光芒
照亮全世界人的眼光

一百歲的祝福
是如此的殷切
我站在這片幸福的土地上
滿懷感激的向您致敬

（二〇一一年十二月《紫丁香》詩刊第五期）

輯三

山水映象

西藏林芝區天佛瀑布

越南女

一襲白色輕紗
一件白色長褲
莊重中不失高雅
高雅中顯出飄逸

頭上戴著斗笠
手裡提著東西
緩緩走來了
一位婀娜娉婷的少女

她們是美的象徵
儉樸與溫婉的代言人
美麗的國家美麗佳人
深深祝福妳們

（二〇〇八年六月《海鷗》詩刊）

吳哥窟之旅

一

古東方一顆
璀璨的珍珠
消失了幾百年
依舊耀眼奪目

二

我們是一群
萬里遠來的朝聖者
神奇啊！這巨石構築的王國
多少血淚汗水的集合

三

吳哥倒影
風景絕美
水中撈得到
當年風華歲月？

四

一尊尊四面佛
拈花微笑著
笑意裡隱藏
多少無解之謎

五

壁畫中眾女神
坦胸露乳
抿嘴微微一笑
東方的蒙娜麗莎

六

石獅猶在守護著
一座座傾頹之塔
不敵歲月刀削斧砍
各個缺腿斷頭面貌模糊

七

鬥象台裡
沒有大象
為拼經濟而努力
牠們奔忙於觀光路上

八

空椰樹根緊緊抓住
這即將傾頹的高牆
它們才是真正
古建物的捍衛者

九

諸天神佛
各個毀身斷頭
自身難保
能保他人？

十

巴肯山的落日
雖美但很短暫
就像吳哥王朝
迅速崛起又沒落……

（二〇〇七年十二世界論壇報「世界詩葉」）
（二〇〇七年十二月山西「鳳梅人」月報）

遊下龍灣

一

是誰，海面上
灑下一串串珍珠
如此晶瑩耀眼
深深吸引著遊人

船兒緩緩行走其間
一幅幅山水畫次第展開
不知不覺間

船兒也成了畫中風景
走走停停，停停走走
人在畫中遊
我們度過了一個
詩情畫意的午後

二

海面上
大自然擺置的
一盤盤
山水奇景

我們的人
我們的船
其實都只是
這奇景中的小小飾物

三

似人？似物？
千奇百怪，無奇不有

一千多個島嶼
一千多個驚嘆號

（二〇〇七年十二月世界論壇報「世界詩葉」）
（二〇〇七年十二月山西「鳳梅人」月報）

江西行三首

・遊三清山

索道像一條天梯
帶我們緩緩上升
一路翻山越嶺
平安直抵天門

遊萬壽園景區[1]
突遇壽翁彭祖[2]

其髮如瀑，其眼如鈴
笑呵呵歡迎我們到訪

還看到「海獅吞月」
還看到「觀音賞曲」
一些奇岩怪石
昂然聳立峰頂

遊西海岸景區
看雲海腳底湧動
奇峰異石林立
勁松綠樹點綴其間

這裡有一條綠色走廊
凌空築起在懸崖峭壁之間
環山盤繞似一道彩虹
令人驚嘆它工程的艱巨

遊南清園景區
最期盼的兩處絕景現身
「巨蟒出山」令人驚嘆
「司春女神」風采綽約

還有「萬笏朝天」
還有「玉女開懷」
美景一一現身
讓我們眼花撩亂

行行走走，走走行行
一路歡歌笑語
我們把三清山的美
全裝入記憶的腦海中

1 三清山位於江西省東北方，因山上範圍遼闊，又分成多個景區。

2 「壽翁彭祖」為萬壽園景區內一巨型斜坡水泥雕塑。

·司春女神

在高高的三清峰頂上
妳肅穆端坐
長髮飄逸
一位古典東方美少女

輯三

山水映象

妳的眼前
群峰聳立
雲海湧動
一處人間絕美的景緻

當春天來臨
萬物欣欣向榮
你是否也該起身走走
此時遠方傳來雷聲隆隆

‧巨蟒出山

是幾千萬年前呢
不耐地底長期的幽黯與寂寞
你突然奔竄而出
在高高的三清峰頂上
高昂著頭，吐著鮮紅的舌信

這真是千古奇觀哪
遊人們紛紛蜂擁而來
不斷向你膜拜讚嘆歡呼
而你始終不動如山
巍峨的一根天柱

（二〇〇八年十二月《海鷗》詩刊）

輯三

山水映象

澳門之歌

你是一扇門
開通了東方西方
你是一座橋
連結了四地兩岸
屹立於珠江口畔
數百年來風雨不斷
你曾經蒙塵
像一粒珍珠失去光環
如今你重回母親懷抱
多少人欣喜熱淚盈眶

天空中不停來來往往
一架又一架飛機繁忙
為一睹你的廬山真面目
旅客們來自四面八方
他們在威尼斯酒店
享受著異國風光
他們感受歷史的厚重
在古砲台與大三巴牌坊
澳門澳門東方之珠
讓我們再接再厲把你擦亮

後記：本詩參加澳門特區政府舉辦的「澳門之歌」歌詞創作大賽，獲「入圍獎」。詩作收入《澳門十年》專書。

（二〇〇九年五月《葡萄園》詩刊一八二期）

瀑布下的友誼

瀑布下的友誼
長長久久
來，讓我們合影這一張

那年，為一睹
它的廬山真面目
我們千里迢迢來到此地
東南亞最大的跨國瀑布
——德天瀑布

轟隆隆，轟隆隆
磅礴水勢如蛟龍不斷
從天而降，大珠小珠四濺
置身其下，彷彿
置身於西方清涼琉璃世界

瀑布下的友誼
長長久久
來，讓我們合影這一張

（二〇〇八年十一月《葡萄園》詩刊一八〇期）

北疆之旅六首

‧雪融之後——那拉提草原六月即景

雪融之後
原本靜寂的草原
頓時變得喧囂起來

知名的不知名的野花野草
在藍天下盡情的孳長開放
且相互爭奇鬥艷著
引來蜂蝶無數

也引來牛羊馬兒成群
成群在草原上覓食
形成一道又一道的風景

而在草原的豐美處
一頂又一頂潔白的氈包
盛開，猶如一朵朵雪蓮
隱忍了一季長長的冬
熱愛遊牧的圖瓦族人
又扶老攜幼返回這片
他們熱愛的土地

而此時，草原的空氣中
猶瀰漫著些許不安與寒意

幾隻老鷹忽高忽低
在空中不停盤旋
搜尋著地上的獵物
而更遠處的高山頂
殘雪猶堅持著不肯散去……

雪融之後
原本死氣沉沉的草原
頓時變得熱鬧起來

・喀納斯湖頌

（一）

據說你原是天上王母娘娘

手中持有的一面明鏡
不慎遺落人間
形成今日一片浩渺的高山湖泊

（二）

在觀魚臺上
我向下極目遠眺——
你像一塊深藍美玉
靜靜躺臥於群山之間

（三）

由於你的神秘
有關你的傳說太多
湖怪就是其中之一
千百年來無解之謎

（四）

月亮灣、臥龍灣、鴨澤湖……
每一處都是令人讚嘆的美景
除了湖的遼闊與神秘
你還處處製造美麗與驚奇

（五）

乘一艘遊艇
徜徉在你廣闊的湖心

湖水碧藍，煙波浩渺
令人流連忘返心曠神怡

・白色的巨龍——遙望天山山脈

一條白色的巨龍
蜿蜒盤旋在天空
如此的遙不可企及
是新疆人心目中
永遠崇高偉岸的聖山

此時是六月
巨龍融化的雪水
滋潤著草原大地
一大片綠油油的景象
一幅幅天然的美景圖

勤勞的哈薩克牧民們
驅趕著牛羊馬兒
成群在草原上放牧
如此美麗的畫面
讓我們驚呼連連

從東到西啊
綿延一千餘公里

您一路陪伴我們
護佑著我們
感謝您啊！巨龍

如今，您也成為
我們心目中的聖山
我們將把您的形象與精神
攜回遙遠的寶島
永遠存放在心中

·路過賽里木湖

一大片碧藍的湖水
向我們迎面撲來
浩渺而幽遠，一顆

讓人讚歎的高山明珠

天山的雪水滋潤你
而你滋潤著周遭萬物
走近你身旁捧起一掌清涼
我內心有莫名的激動

・空中草原[1]的巡禮

稀薄的空氣中
帶著早春冷冷的寒意
不遠處的雪山剛飄來一朵雲
馬上下起了一陣急急雨
大家紛紛跑去避雨亭
太陽卻又露出暖暖的笑意

雪山的雪水湍急
湍急從草原中間流過
牧草豐美的流水兩旁
有成群牛羊悠閒在覓食
而更遠更遠處
潔白美麗的氈包點點散佈

不知哪裡來的一群年輕人
在草原一隅玩著拔河遊戲
笑聲洋溢在草原上空
而其餘觀光客則各忙各的
有人畫畫有人忙著捕捉鏡頭
有人騎著馬兒在奔馳

在海拔兩千多公尺高的
這一大片涼爽草原
是哈薩克牧民們
最佳的夏季遊牧轉場
草原平坦遼闊一望無際
讓人驚嘆也讓人流連不已

1 「空中草原」是那拉提草原中的一處高山臺地丘陵，十分靠近雪山，風景絕美。

‧遊覽魔鬼城

炎陽、酷日
暴雨、狂風

大自然以億萬年時光
在此打造了一座
令人不可置信的
據說是魔鬼居住的城市

而當我們到來
但見美麗的城堡處處
神奇的宮殿處處
還有數也數不盡的
人力無法完成的美景
不禁讓人再三驚呼

（二〇一〇年一月號新疆《綠風》詩刊）

南疆之旅十四首

・和樓蘭美女相遇——遊新疆維吾爾自治區博物館

和樓蘭美女相遇
在一個陽光燦爛的早晨
她笑容滿面坐於涼椅上
一頭秀麗長髮飄逸

我和她親切的打招呼
她點頭默默不語

一雙深邃的大眼睛
彷彿不斷向我訴說——

三千八百年前的風沙
在她身上不停飄過
一個不明的原因
她成了時光的過客

三千八百年後
她卻又幸運的復活
如今她每天打扮亮麗
接待一批批慕名而來的觀光客

而她的生活可真忙碌
有時竟也悄悄出國旅遊
前陣子我才在台北看過她
如今她又跑到香港去做客

後記：位於烏魯木齊市的新疆維吾爾區自治博物館二樓，有一具千年樓蘭女屍展示，展示區內並有一具樓蘭美女生前還原坐姿蠟像，栩栩如生，令人浮想聯翩。此具乾屍去年台北市歷史博物館借展過，筆者曾前往參觀。此次前往原館參觀卻不遇，原來她正在香港借展。

‧遊蓮花湖

遊艇像一隻利箭
射向遙遠的天邊
濺起了漫天的浪花
灑向歡樂的人群

成排的蘆葦像士兵
列隊站立水中歡迎我們
天上有鷗鳥成群
水中有魚兒歡躍

水質清澈而幽深
水域浩渺而寬廣
讚美吧！這西塞的明珠
有蓮花開落的湖泊

後記：位於南疆重鎮庫爾勒東北方約六十公里的博斯騰湖，是中國最大的內陸淡水湖，面積約一千平方公里。蓮花湖是其外圍的一個獨立小湖。

・黃昏的蘇巴什佛寺

荒涼、破敗
這黃昏的蘇巴什佛寺
只剩下幾堆高聳的黃泥
黃泥堆下遍佈的雜草與礫石

難以想像啊難以想像
此地曾是佛塔林立
高僧雲集，每日頌聲不斷
一處莊嚴的佛國聖地

是甚麼原因讓它由盛到衰
問問天上的明月
明月只是千古照著

從不透露出一絲絲祕密

後記：蘇巴什佛寺，又稱昭怙厘佛寺，位於庫車縣城東北約二十三公里處的確爾達格山南麓。是古龜茲國的著名寺院之一，也是新疆現存最大的佛寺遺址。

・遊鐵門關小記

一位鐵骨錚錚的大漢
從前，總是扳著一張臉孔
嚴肅的望著四周的漫漫黃沙
黃沙上成群的戰馬

一位慈藹謙和的長者
如今，總是露出一張笑臉

喜迎四面八方的遊客
並頻頻向他們解說

後記：鐵門關位於庫爾勒市北郊八公里處的大石嶺山腳下，形勢險要，是古代絲綢之路的中道咽喉，為古代二十六名關之一。

‧遊天山神秘大峽谷

（一）

遙遠中的遙遠
神秘中的神秘
天山大峽谷
一處大自然的奇蹟

（二）

風雕雨刻億萬年
成就你今天的畫面
一幅龐然的立體浮雕
讓人驚訝讚嘆連連

（三）

從高空俯視
你像一條紅色的巨龍

彷彿隨時都會騰飛而起
飛向浩渺的宇宙蒼穹

（四）
從地上仰望
你像兩扇排山倒海的巨屏風
彷彿隨時都會合攏
將萬物壓得粉碎

（五）
走入你的谷裡
頓時感受到一股清涼

從山壁與地底
不時有汩汩甘泉冒出

（六）

走入你的谷裡
彷彿來到海底世界
我們化身為一條小小的魚
在你深不可測的海底中游著

（七）

半山腰有一條黑狗
堪堪守住谷口

原本只是幻影
走近時甚麼都沒有

（八）

來到玉女泉
不見玉女芳蹤
只有一股清澈的冷泉
汩汩從山壁冒出

（九）

走到臥駝峰
沒有看到臥駝

只有一片橢圓形的山壁
直插天際

（十）

來到靈光洞與聖泉池
觀音大士的形象突然現身
天空隱隱有梵樂奏起
讓人感受到神秘的氣氛

後記：天山神秘大峽谷位於獨（山子）庫（車）公路旁，距離庫車縣約七十二公里，乃天山支脈克孜利亞山中的一條峽谷。維吾爾族語「克孜利亞」為「紅色的山脈」之意。谷內景點有四十多處，較為著名的有「神犬守谷」、「玉女泉」、「臥駝峰」、「南天門」、「靈光洞」、「聖泉池」等。

・詠天山神木園

到處是荒漠沙丘
到處是死寂沉悶
何處是草原綠洲？
何處是豐腴肥沃？

啊！就在這裡就在這裡
天山托木爾峰腳下
一處神奇的地方
連上帝也要讚美的地方

這裡有芳草遍地
這裡有林蔭深深
山泉水淙淙流過
核桃果結實纍纍

上百棵千年神木
在這裡或高聳或低臥
以堅強的意志力
展示生命力的不屈

到處是荒漠沙丘
到處是死寂沉悶
此處是草原綠洲！
此處是豐腴肥沃！

後記：天山神木園區位於阿克蘇地區溫宿縣境內，占地約數十畝。園區外是一片戈壁荒丘寸草不生，園區內卻是一片生氣勃勃，成長著上百棵存活數百年甚至上千年的古樹。樹姿千奇百怪，景觀奇特。

．穿越塔克拉馬干沙漠

天空沒有一隻飛鳥
地上沒有一隻動物
只有一望無際的沙漠
沙漠上毒辣的太陽

幾棵小樹在路旁
苦苦支撐著喊渴
一大片枯黃的野草

早已放棄了希望
路，筆直的向前延伸
似乎永無盡頭
車，高速向前猛駛
彷彿瘋狂的野獸

從阿拉爾到和田
全長四百多公里
「前面有綠洲」不知誰先喊出
於是全體爆出了歡呼

後記：穿越塔克拉馬干沙漠的阿和公路，全長四二三點五公里，二〇〇七年八月才修建完成通車，沿途杳無人煙。

・玉龍喀什河尋玉

從崑崙山頂發源
一路蜿蜒而下
流域浩渺而寬廣
一條盛產玉石的河流

我們是一群朝聖者
從萬里的寶島遠來
為尋找玉石的芳蹤
下到了你的河床

玉石究竟在哪裡？
玉石究竟在哪裡？

我們四處的尋找
我們拚命的搜尋

一群維吾爾族青年人
站在河岸邊微笑著向我們招手
並徐徐攤開他們的手掌
啊！原來玉石都在他們的掌心上

‧詠白楊樹

站立於道路兩旁
像一列列待檢閱的士兵
當我們開車通過
它們紛紛揚起綠色手臂歡迎

耐寒、抗旱、易存活
它們是新疆人的最愛
每到一處綠洲城市
必先看到它們的蹤跡

當寒冬來臨大雪覆蓋
它們也悄悄把自己掩埋
待到明年春暖花開
它們又紛長枝芽容光煥發

・過蓋茲大峽谷

兩岸灰濛濛的山壁
直插天際
一條亂石橫陳的河流

奔騰怒吼

車，像一隻小小螞蟻
在谷底辛苦的爬著
路，蜿蜒直上
景，愈來愈奇

遠處山峰一個個
紛紛白了頭
雲遮霧掩
蒼茫神秘

來到一處
神秘的沙湖

一派浩杳無際的景象
傳說中西遊記裡的通天湖

再來到一處
湛藍幽深的冰湖
湖水映照白雪皚皚的高山
塔吉克牧民成群在此放牧

海拔從一千多公尺
上升到三千多
終於我們抵達
有石頭城之稱的塔縣

・詠喀拉庫勒湖

帕米爾高原上
一顆閃亮的明珠
傳說中周天子與西王母
曾在此秘會的瑤池

你是一面明鏡
映照著慕士塔格峰的皚皚白雪
你是一口神秘的湖
湖水隨天氣的變化呈不同顏色

唐三藏西天取經路過此地
湖中曾跳出大水怪擋路
這個傳說令人嚮往

也益添你湖的神秘

後記：喀拉庫勒湖位於前往中（國）巴（基斯坦）邊界紅其拉甫的三一四國道旁，海拔三千六百餘公尺。景色絕美。晴天湖水湛藍清澈，但遇雨天，閃電打雷，湖水又會變黑。「喀拉庫勒」在維族語即「黑色的湖」之意。「慕士塔格峰」海拔七五四六公尺，「慕士塔格」在塔吉克族語是「冰川之父」之意。

・石頭城懷古

有駝隊商旅絡繹不絕
有繁華市集人潮洶湧
法顯高僧曾來此講經
唐三藏西天取經路過此地

在帕米爾高原上

一座以石頭堆壘的城市
海拔三千餘公尺
有雄鷹經常來此高飛盤旋

不敵兩千餘年歲月的風沙
石頭城終於也老了
如今它頹然躺於高丘上
伴隨著一輪千古明月

後記：石頭城，位於喀什地區塔縣縣城附近，相傳建於南北朝梁代以前，是古絲路南大門的重要關卡。歷代皆有重建，至清朝時因在其附近開闢新城，始毀棄。

・雪，逐漸向我們蔓延

雪，開始是在山頂
遙遠而不可及
逐漸逐漸向山腳下蔓延
逐漸逐漸向草原蔓延
越過草原上的牛羊馬兒成群
啊！它竟然蔓延到我們腳底前

雪，將我們完全包圍
路兩旁完全是冰封的世界
天與地合而為一
啊！美得令人無法形容
連最擅長形容的詩歌文字
此時亦不知如何下筆

從塔縣到紅其拉甫山口
海拔由三千多公尺上升到五千多
一路的美景太令人感動了
一路的美景太令人震撼了
南疆之旅因為有此行
我們將不再有遺憾

・在紅其拉甫口岸

在紅其拉甫口岸
這海拔五千餘公尺的高山頂
我們紛紛下車
難掩內心的激動

一大片白茫茫的世界
一處完全被冰雪封凍的世界
有盡職的中國軍人
正執槍英勇的捍衛

我們緩緩走到界碑前
擺出最酷的姿勢
「卡擦」一聲
留下難忘的回憶

（二〇一一年八月《葡萄園》詩刊一九一期）

在惠州，我遇見了

在惠州，我遇見了
一位美麗的西子姑娘
她身穿一件苧蘿衣裳
美目倩兮，向我訴說
她的愛情的歡樂與憂傷

在惠州，我遇見了
一位虔誠的羅浮道長
他身披一件沖虛白袍

裊裊香煙中，向我傾訴
千年傳說的山中故事

在惠州，我遇見了
一位熱情的大亞青年
他伸出有力的臂膀
攬住八方，掌握方向
放眼一大片蔚藍的海洋

在惠州，啊！我遇見了
一群執着可敬的詩愛者
幾天來和他們親密相處
想不到轉眼又要分開
我的淚呀禁不住掉下來

註：此詩前三段分別以廣東惠州市之知名景點苧蘿西湖、羅浮山沖虛觀與大亞灣海景為擬人化之書寫。

（二〇〇九年八月廣州「華夏詩報」）

川渝之旅四首

‧遊金刀峽

是古代哪位俠士
把金刀大力一揮
龐然的山體頓時
轟然斷裂成了兩半

多少年後我來此地旅遊
山以陡直險峭呼我

水以湍急幽深喚我
我被深深陶醉了

・熊貓基地看熊貓

牠們一隻隻
黑白分明，白白胖胖
或坐著目中無人地啃著竹枝
或頑皮地在樹幹上攀爬戲耍

由於牠們族群稀少
由於牠們繁衍不易
牠們成了活化石
人類急於保護的對象

你看，牠們一隻隻
都成了「國寶」大老爺
茶來張口，飯來伸手
悠閒地享受著歲月

・登峨眉山遇雪

雪，從空中不停飄下
把大地染成一片潔白
寒風一陣陣刺骨吹來
人們裹上厚厚一層大衣

大霧封山
標高二四三〇米的雷洞坪停車場

成了一片白茫茫世界
而金頂猶在山的更高處

登或不登？
考驗著每一位朝聖者的意志
而萬佛頂的佛光與雲海
此時正被層層雲霧掩蓋

・樂山大佛

您端端正正的坐著
臉面朝向大江
日夜看著岷江的江水
滔滔不絕從您的眼前流過

江面上遊艇來來往往
觀光客一批又一批
他們驚嘆於您的雄偉
對您產生無限的敬畏

您在這裡坐鎮
已經一千多年了
您還要繼續坐鎮下去
直到地老天荒！

（二〇〇九年十二月《紫丁香》詩刊創刊號）
（二〇一〇年二月《葡萄園》詩刊一八五期）

川西之旅四首

‧三星堆傳奇

鴨子河畔
牧馬溪邊
三座小小的土堆
一個天大的秘密

如此多的玉石
如此多的青銅器

各個造型精緻奇特
令人驚訝浮想聯翩

四千多年前
我們的先祖曾在此定居
創造了高度文明
卻突然消逝無蹤

留下一個天大的謎
讓考古人士苦苦追索
他們來自歐亞大陸？
他們消失於外太空？

・夜宿康定遇雪

趁著夜黑風高
雪，這頑皮的高山精靈
從天空不停飄下
雖然現在已是四月天

雖然現在已是四月天
它們竟還紛紛地飄下
且透過薄薄的一層酒店玻璃
急急地想和我見面

說變就變
這高原的氣候

像女人的脾氣
永遠令人無法掌握

‧過二郎山隧道有思

一道又高又大的天塹
連飛鳥也難以飛越
阻礙了進藏的道路
曾經，大家只能仰頭望天

一群義勇軍來了
他們拿起簡陋的工具
日以繼夜不停打拚
誓言和大山戰鬥到底

如今，在淡淡的四月天
我們輕鬆地從山底下穿過
回望高山上積存的殘雪
內心有百般的滋味

‧遊貢嘎山海螺溝

（一）

在海拔兩千八百多公尺的群山中
一隻大海螺靜靜躺著
任雪花披它一身白漫漫

（二）

汽車與索道載來
一批又一批歡樂，撒在
這冰冷世界的每一個角落

（三）

冰川，看似一條靜止白色的河
誰知它一旦動起來
山林為之震驚鳥獸駭然奔走

（四）

千萬不要為它冰冷的外表迷惑
其實它內心熱情如火
看，那汩汩冒出的溫泉就是證明

（五）

貢嘎山，你啊！蜀山之王
以七五五六公尺的高度
傲視著大西南的群山萬壑

（六）

一面龐然的超級大鏡
映照著山林，映照著萬物
啊！美麗又神秘的大冰瀑布

（七）

雪崩！雪崩！
一場美麗又醜陋的山林革命
總在春夏之間不斷上演

（八）

拾起一塊海螺溝的山石
攜回寶島家中紀念
也攜回滿滿雪山的回憶

（二〇一一年五月《葡萄園》詩刊一九〇期）

黃山行四首

．詠飛來石

一尊羅漢
高高站立於
黃山頂上
任風霜雨雪
不斷侵襲
幾千幾百萬年了
看你猶一身
鐵骨崢崢傲骨嶙峋

黃山松與你為鄰
黃山鳥為你歌唱
有白雲朵朵從你頭頂飄過
天地間一片光明遼闊
偶而山嵐起自谷底
風吹雲擁把你圍繞
迷迷濛濛中
益添你的神秘與雄奇

・黃山雲海

山，是崢崢嶸嶸的
億萬年來
它們一直昂揚挺立

以睥睨之姿
仰窺天地之變幻
俯視人間之滄桑

雲，是白白皚皚的
以猝不及防之速
它們蜂擁而至
為群山染就朦朧
一幅絕美的國畫山水
於焉完成

・黃山松

這棵是臥龍
那棵是黑虎

黃山松
遍佈在奇岩怪石上
每棵都是生命的奇蹟
引發人們由衷的讚嘆

這棵是蒲團
那棵是接引
黃山松
生長在懸崖峭壁間
每棵都充滿力與美
激發人們豐富的想像

黃山松啊黃山松
你是艱苦卓絕的代表

只要有一絲絲土壤
你就能立足
把根一寸寸扎進石縫中
堅決的，堅決的
向上求取生存與成長

黃山松啊黃山松
你是強韌不屈的見證
一年四季
不畏雪雨風霜
歷經千百年來的試煉
早已蔚然成林
成為一片松樹的海洋

・黃山石

你沒有生命
你也有生命
人類豐富的想像力
賦予你們有了生命

這顆是「猴子觀海」
那顆是「文王拉車」
每一顆都是那麼的神似
讚頌吧！巧手的造物主

那顆是「鰲魚馱金龜」
這顆是「金雞叫天門」

不論遠觀或近看
總讓人一再發出讚歎

你沒有生命
你也有生命
黃山上因為有了你們
才更顯得多采多姿

（二〇一〇年十月二十一日世界論壇報「世界詩頁」）

山西行八首

·在風陵古渡口

在風陵古渡口
看黃河滾滾向東流
一條跨河大橋如臍帶
將兩岸三省接通
連接成一個大中國

在風陵古渡口
看黃河滾滾向東流

遙想數千年來
此地發生的歷史風雲戰火狼煙
俱往矣！如今都已消逝如那東流水

在風陵古渡口
看黃河滾滾向東流
江山代有才人出
看今朝人物一個個奮起
有幾人能在歷史上留下驚鴻的一瞥？

·過中條山有感

一座大山
阻斷兩個城市
一個叫運城
一個叫芮城

運城人看大山
中條山像一座高不可攀的天塹
芮城人看大山
中條山像一堵跨不過的高牆

歲歲年年，年年歲歲
從運城到芮城

從芮城到運城
不斷地翻山越嶺倍覺艱辛

我從中條山走過
欣喜地瞥見山腳下
一條盼望已久的隧道正開通
啊！相信一個嶄新的時代即將到來

・大紅燈籠依舊高掛——遊喬家大院有感

大紅燈籠依舊高掛
古色古香的大院依然聳立
獨不見當年的喬家主人
在金碧輝煌的大廳宴客

一批又一批的中外遊客
紛紛雜雜吵吵嚷嚷進入
解說的解說聆聽的聆聽
更多的是四處遊走探頭探腦

遙想當年喬家先輩
如何在這塊土地艱辛打拚
一代又一代努力經營
才換得此龐大的規模

而今子孫四散凋零
空留下一座龐然大院
供人觀賞回味
令人感嘆感傷

·走入平遙古城

走入平遙古城
走入一條奇幻的時空隧道
一座座高聳的城牆猶在
獨不見當年戍守的衛士

一輪千古明月依稀照著
城中四方街的一景一物
一座座古色古香的建築
一群群熙熙攘攘的人物

「噹」的一記鑼聲：「小心火燭」
就把時空拉回千百年前

幾位老外好奇地比手劃腳
竊竊私語從我們身旁走過

縣衙署、城隍廟、清虛觀
如今早已束之高閣
九龍壁、魁星樓、櫺星門
猶緊緊吸引遊客的目光

一個個的燈籠高高掛起
一串串鞭炮歡樂地炸響
這是一年一度的中秋
古時的明月依舊照著今時的人兒

走入平遙古城
走入一條神秘的時空隧道
我們有幸做了一回今之古人
感覺幸福而愉悅

・與舜帝見面——遊山西運城市舜帝陵

與舜帝見面
在一個陰雨綿綿的天氣
他依然端坐台階上
雙手撫著一把五弦琴

看到我們遠道而來
他滿臉的愉悅

五弦琴悠然彈起
那一首他最熟悉的歌
「南風之薰兮
可以解吾民之慍兮
南風之時兮
可以阜吾民之財兮」

一位憂國憂民的皇帝
一位孝行感天的皇帝
我們來到他的身旁
來個兩岸大合影

‧詠龍頭古神柏——參觀大禹渡風景區所見

一條飛龍，昂首向天
口中含著一顆寶珠
眼睛炯炯有神
彷彿隨時會騰空而去

在禹王廟前的廣場空地前
據說，您已活了四千餘年
一株枝繁葉茂的古柏樹
日日遙望黃河滾滾向東流

龍頭古神柏啊
您是大禹渡風景點上

一處最美麗的傳奇
見證四千多年來的風風雨雨

．在一百八十萬年前

——山西芮城風陵渡鎮西侯度村懷古

在一百八十萬年前
這裡是一大片蒼茫的原始
劍齒象、古板齒犀等大型動物
肆意大聲嘶吼著奔馳

這裡同時也生長著
一群衣不蔽體的古猿人
他們茹毛飲血
不停和老天及野獸鬥爭

是本能的驅使也是意外的發現
他們學會打造石器
更學會烹火煮食
人類的第一把聖火在此點燃

一場又一場的天災巨變
把這裡的一切盡埋地底
幽幽黯黯的地底世界裡
從此經過了幾千百萬年？

一個個出土的石器
一塊塊被挖掘的骨頭
都不斷在向我們訴說
那段令人無法想像的歷史

‧遊五台山

山有五峰平坦
得名五台
寺有大小百餘
青山密林間錯落散佈

一座高聳入雲的大白塔
是它最醒目的標幟
一棟棟金碧輝煌的古老建築
見證它悠久綿長的歷史

金面文殊菩薩騎著狻猊
坐鎮此山中
諸天神佛大小菩薩

一起來助陣

暮鼓晨鐘晨鐘暮鼓
在此敲了千百年
春去秋來秋去冬來
梵音唱了一代又一代

山有五峰平坦
得名五台
廟有大小百餘
青山密林間隱隱散佈

（二〇一一年十一月《葡萄園》詩刊一九二期）

福建之旅五首

・深秋，在有福之州

深秋，在有福之州
我們去逛一座公園
園內群花盛開古榕垂蔭
還有一池媲美西子湖的湖水
水面上荷葉田田迎風搖曳

深秋，在有福之州
我們去遊一條老街

三坊七巷[1]大紅燈籠高掛
我們在此購物吃美食
享受一個難得的上午

深秋，在有福之州
我們還和一群文友座談
雙方腦力不停激盪
擦出親情與友情的火花
最後舉杯相約後會有期

啊！深秋，在有福之州
看不完的山親水親
訪不完的人親土親
我彷彿返回久違的故鄉

投向那母親溫暖的懷抱

1 「西湖公園」、「三坊七巷老街」是福州市區有名的景點。

・九曲溪上望玉女峰

一尊玉女
如此的偉岸俏麗
高高的聳立於天地之間
究竟已經幾千百萬年了

一條溪流
蜿蜒九曲
潺潺清澈流過
流過多少浪漫的傳說

九曲溪上望玉女峰
一次美麗的邂逅
我仰頭向她致以問候
她似也回我以秋波

‧詠福建客家土樓 2

或圓或是方或五角或紗帽
一棟棟古老而又美麗的滄桑
像繁星般點點散佈
閩西大地的崇山峻嶺之間

走過了千百年歲月
它們曾經風光曾經黯淡

隨著世遺申辦的成功
它們又成為世人眼中的焦點

一群群的中外遊客紛紛前來
為一睹它們美麗的風采
它們像一位位不施脂粉的村姑
以最純樸的風貌迎接客人

樓中有樓，圈中還有圈
想像著它們曾經有過的盛況
土樓其實並不土啊
它們是先祖們腦力智慧的結晶

2 福建客家土樓群於二〇〇八年被列為世界文化遺產。

・鼓浪嶼望鄭成功塑像

您仍然在此站立
海風冽冽吹您一身寒
您仍然不願卸下身上戰袍
眼神定定望著遠方

遠方啊一片海天茫茫
您曾以孤臣孽子之心
毅然率軍揮師東征
向著未可測知的命運……

此後您再也沒有返回這地方
您當初誓師的第一站

後人為紀念您的忠勇
在此恭敬地為您塑像

時光如過隙之白駒
轉眼又幾百年過去
而如今在您的腳下
世界早已不止翻了兩翻

鼓浪嶼已成為最佳觀光景點
再也聞不到一絲絲戰火的硝煙
兩岸人民正歡樂地相互拜訪
看！海面上船隻如過江之鯽繁忙

‧湄州島上的蒲劇

湄州島上的蒲劇
仍然每天例行的開演
幾位身穿古裝戲服的演員
舞臺上賣力的演出

舞臺下幾百張座椅
十來位觀眾稀稀落落的坐著
夕陽即將西下晚風吹來
更顯廣場的冷清與空闊

而我們敬愛的媽祖林默娘
一如千百年來一樣

高高端坐於聖殿之上
享受著萬民供奉的火香

任善男信女虔誠跪拜
任信女善男喃喃呼求
祂始終微笑以對
默默不語默默不語

（二〇一一年十二月《紫丁香》詩刊第五期）

土耳其之旅八首

·夜航達達尼爾海峽

夜航達達尼爾海峽
海面上一片漆黑
惟有迎面寒風刺骨
遠方萬家燈火閃爍

夜航達達尼爾海峽
體驗一趟跨洲之旅

短短不到半個時辰
我們已由歐洲抵達亞洲

夜航達達尼爾海峽
晚風中似聞鬼魂啾啾
一萬餘名攻守士兵
一次世界戰役中命喪於此

夜航達達尼爾海峽
讚嘆一個美麗的國家
像一條鎖鏈緊緊拉住
東方西方兩大文明的碰觸

·特洛伊[1]懷古

西元前一千多年
一場美麗的戰爭
戰爭早已過去
什麼也沒有留下

只有一隻木馬
猶在現場徘徊
晚風中它靜靜站立
向我們傳達甚麼訊息？

它是在憑弔
當年那場轟轟烈烈的戰役
還是在祈禱

世界和平鐘聲不斷響起

[1] 特洛伊（Troy）城位於土國西部的達達尼爾海峽海邊。美麗的戰爭指此戰役（希臘人攻打特洛伊人）因一位美麗的女人「海倫」而引起。

・初識愛琴海

初識愛琴海
在一次秋季的旅途中
土耳其西部的海岸線上
一大片一大片的蔚藍

蔚藍的天，蔚藍的海
藍天中飛翔的鷗群
碧海中航行的遊輪

還有大大小小忙碌的船隻

在蔚藍的天空底下
它就像一面超大明鏡
映照著群樹山巒
映照著你我內心的世界

‧在棉堡[2]

在棉堡
我們參觀一處梯堤
經過千萬年地底碳酸鈣的釋放與堆積
這裡到處是棉花般的雪白

在棉堡

我們赤腳走在「棉田」上
讓淙淙的溫泉流水浸潤雙足
撫慰我們多日來旅途的辛勞

在棉堡
我們還去泡溫泉
在一處美麗的浴池裡
和傾倒千年的神柱一起共浴

[2] 「棉堡」土耳其語pamukkale（帕慕卡雷），此城市位於土國西部。

‧以弗所[3]遺址的震撼

以弗所遺址的震撼
在我心中久久不散

一大塊一大塊散落的巨石
一棟棟傾頹的美輪美奐建築
它們曾如此輝煌
眾神聚集，人聲鼎沸
一個全新的城市
統治者擁有無上的權力
是什麼樣的天災人禍
此地一夕之間化為烏有
只剩下滿目瘡痍斷垣殘壁
埋藏在漫漫時光的荒草堆中
以弗所遺址的震撼

在我心中久久不散
晚風中我往復流連徘徊
聽一塊塊巨石向我傾訴

[3] 以弗所（Efes）古城，位於土國西南部愛琴海邊，兩千餘年前羅馬帝國曾在此建城，規模龐大，後毀於地震與戰火。

‧精靈的煙囪[4]

精靈的煙囪
一根根筆直矗立
藍天之中的美麗
令人驚嘆與好奇

它們又像雨後

紛紛長出的蘑菇
漫山遍野密佈
造型千奇百怪

它們是幾百萬年前
火山爆發後的產物
曾經繁華一時
如今早已人去樓空

只留下一些些遺跡
任觀光客去想像
當年的人們是如何
在此艱困的討著生活

4 精靈的煙囪，又稱仙人煙囪，位於土國中部的卡帕多細亞（Cappadocia）城市。因數百萬年前兩座火山同時爆發，後經雨水沖刷而形成的奇景。煙囪內曾闢為民居達數世紀之久。

・熱氣球的天空

熱氣球的天空
如此的熱鬧與繁忙
看一朵朵五彩的美麗
藍天白雲中飄揚

此地是安納托利亞高原
卡帕多細亞美麗的城市
腳底下火山的奇岩怪石
一一收入我們的眼底

此刻，我們是鷹
翱翔在土耳其的天空
此刻，我們的心情超high
人人高喊：「阿拉，我愛你！」

‧遊博斯普魯斯海峽

天是湛藍的
海是碧綠的
我們乘一艘汽艇
航向碧海藍天之中

看一艘艘萬噸遊輪
來自四面八方

它們在此小憩
準備航向更遙遠的旅程

瞧一根根尖頂圓柱
直插天際
那是眾多清真寺
莊嚴美麗的標誌

還有還有
兩岸一棟棟高雅華麗的建築
還有還有
海面上成群鷗鳥翱翔著嬉戲

一道臥波長虹

突然出現在我們眼前
那是博斯普魯斯大橋
橫跨歐亞的雄姿

天是湛藍的
海是碧綠的
我們乘一艘汽艇
航向碧海藍天之中

（二〇一一年十月中下旬作於土耳其旅次）
（收入《三月采風》詩選集二〇一二年七月）

輯四

抒情篇

新疆那提拉草原六月即景

山

啊！終於是時候了
爬山者走入了山中
春意的林間，群草飛揚
一股熟透蘋果的芳香
微風中陣陣傳來

啊！終於是時候了
爬山者走入了山中
奮力的攀爬過兩座山峰
小心翼翼，撥開一撮草叢
卻猛然跌入一座深谷

啊啊！那座深谷
隱藏在林蔭最深處
有山泉汩汩，流水淙淙
恍若人間仙境
又似世外桃源

徜徉在桃花源裡
嗅著蘋果的芳香
飲著泉水的甘涼
爬山者陶醉了
在一陣急雨的午後

（二〇〇五年六月《笠》詩刊）

外勞悲歌

像一株青翠的綠竹
被迫連根拔起
在異國的土地上無法根植
飽受雨雪風霜的侵襲

一隻手機暫解思鄉之苦
一張照片是貼身安慰
想家嗎？就讓眼淚滴滴
滴向無盡的黑夜

熬盡雨雪熬盡風霜
熬盡思鄉的苦澀
只盼早日服完苦刑
安返家鄉親人團聚

（二〇〇六年三月河南《黃河詩報》月刊）

遠行

遠行
這次真正的
要遠行了

不必相送
哀樂四起
哭聲處處
這些都不是我需要的

此後，我只能
在一個孤寂的山頭
度過無數的寒暑春秋

偶而有一隻山雀
飛來，我的墳頭
為我唱一首歌
我就感到滿足快樂

（二〇〇九年四處月黑龍江《星光》詩刊第三期）

郵政三部曲

・郵票

這一方小小天地裡
卻有著大大的學問
上至天文地理
下至一花一草一木

它們是知識的源泉
美麗的象徵

一張張四方形的設計
一道道美的饗宴

有人為它癡迷
窮畢生之力搜集而不悔
它給你帶來新知
帶來高尚的娛樂與享受

用它作為媒介
把一封封思念與關懷寄出
天涯海角世界各地
它一一不負你的所託

這一方小小的美麗啊
這一隻隻使命必達的青鳥
每當執起一枚黏貼上去
內心充滿著濃濃的感激

・郵筒

穿著醒目的紅服與綠衣
這一對親兄弟
默默地佇立在街頭
在偏鄉的每個角落
無論風吹雨淋日曬
它們始終默默等待

從白天到夜晚
從黑夜到黎明

它們默默等待著
有情人餵以一封封
親切的問候與關懷
濃密的感情或友誼

直到一位綠衣人
開著一輛郵車到來
它們才敞開胸懷
坦然獻出所愛

‧郵人

身穿著綠衣裳
腳踩著風火輪
每天忙忙碌碌地
穿梭於大街小巷

「叮咚」門鈴響了
每天他們總是準時的
來按我們家大門
把思念與幸福送達

他們像聖誕老人
他們像幸福天使

每當遠遠望見他們身影
我內心就充滿崇敬

（二〇〇六年五月《鄱人天地》月刊）
（二〇〇九年五月《葡萄園》詩刊一八二期）

幾片黃樹葉

幾片黃樹葉
垂掛在枝頭
一陣秋風吹來
即將掉落

沒有哀傷
不會嘆息
生命曾經綠過
賞過春花淋過夏雨

它們即將
躲入冬的泥土裡
化為養份
滋育明年早春的新芽

（二〇〇七年元月「人間福報」副刊）

致癌症

你，可怕的惡魔
潛伏在人體
每一個可能的角落
蠢蠢然，不停的
製造不安與暴動

發現了你的入侵
人們先是驚駭莫名
四處求援，繼之

心灰意冷，心情
幾度轉折

最後，終究逃不出你的
魔掌，在極度痛苦折磨後
紛紛成了你的戰利品
啊！我聽到了無聲的哀號
與你陰森森的冷笑

（二〇〇七年八月世界論壇報「世界詩葉」）

聖帕來襲

從恆春半島西南方海面
一路急急忙忙奔來
它張大著直徑五百公里的血盆大口
要把台灣島一口吞下

海，率先變得焦躁不安
站起了一排排牆形巨浪
不斷衝擊著堤岸、馬路
驚嚇了匆匆過往的行人車輛

風，像是一位瘋漢

掀開屋頂，拔倒路樹
啊！成排的電線桿轟然倒下
廣告招牌成了街頭危險的躲避球

雨，潑墨般狂洩
從高山上匯聚成一條水龍
轟隆隆衝擊著橋樑
淹沒了大片大片的良田

聖帕來襲
一場無可抵擋的天災
狂風豪雨中人類渺如螻蟻
感嘆著大自然的威力

（二〇〇七年九月世界論壇報「世界詩葉」）

加護病房

一

人生走到了這裡
已近黃昏
看不見燦爛的陽光
只有黑暗陰霾

一床一床又一床
他們身子萎縮成

一截截枯木，任管線
口鼻插滿

插滿口鼻的
一截截枯木
艱難的喘氣呼吸
尋求一絲絲可能的光明

二

一條幽密的
死亡隧道
一處慘烈的
生命搏鬥場

許多人走得進去
走不出來
死神永遠占據上風
擄走一具具戰利品

（二〇〇八年元月世界論壇報「世界詩葉」）

樟樹王

櫛風沐雨，吸收
日月精華，在這片土地上
不知我已活了幾百年？

枝繁葉茂，日日
散發清涼的芬多香，人人
尊稱我為樟樹王

走過戰亂，走過
殺伐，走過
一個又一個風雨飄搖的年代

看盡刀兵，看盡
死亡，看盡
人世間一樁又一樁的不公與不義

如今，我只願
每天無憂無慮的過日子
享受難得的太平歲月

讓那些天真活潑好動的
小朋友們，每天爬上爬下
在我的身上，享受童年

（二〇〇八年十一月《葡萄園》詩刊一八〇期）

瓜藤下

瓜藤下
成熟了
一顆顆碩大結果纍纍的絲瓜

在這片農場裡
它們儼然成為
一種另類的風景與誘惑

啊！在秋季
大自然正驕傲地

展示它們孕育一年的成果

（二〇〇八年十一月《葡萄園》詩刊一八〇期）

惡龍肆虐

惡龍肆虐
趁著黑夜
趁著狂風挾著暴雨
從每一條墊高的河床
從每一座開墾過度的大山
竄出，轟隆隆，暴怒的吼聲
迴盪在天地之間
並以閃電的速度迅速
攫奪了一棟棟房子
一座座橋樑

啊！一輛行駛中的汽車
突然被捲入它的血盆大口
一位又一位驚悚的難民
逃無可逃被吞入它的腹中
惡龍啊惡龍
八八節剛過，你忍心
讓全天下的爸爸傷心
莫拉克啊莫拉克
一個不起眼的中度颱風
竟釀成如此的巨禍
中台南台東台灣
處處都見你蹂躪的慘狀
放眼平地一片死寂的汪洋
山區大小礫石遍佈，泥流滾滾

人間煉獄啊莫此為甚
大自然力量之可怕
人定勝天只是笑話

（二〇〇九年十一月《葡萄園》詩刊一八四期）

E-MAIL

輕輕一按
我的思念，頓時
化為千萬隻
飛舞的小精靈
以電光火石的速度
不斷飛向你

似醒未醒
當你以朦朧的眼神
輕輕打開螢幕

那群美麗的精靈
已然優雅地，棲止
且正殷殷向你致意

（二〇一〇年四月世界論壇報「世界詩葉」）

世足賽二章

．章魚哥保羅

起初，大家都抱著
懷疑、戲謔的態度
看著牠緩緩移動
八隻長而有力的爪子
潛入水底中的一個箱子
然後伸手進去撈取牡蠣

後來，人們的態度開始改變

有人信牠簽牌贏得笑呵呵
有人仍然鐵齒，他們說：
「那不過是或然率問題，
我們人類是萬物之靈，
豈可相信一隻低等生物。」

再後來啊！當那些
鐵齒者紛紛慘賠
所有人不得不相信牠的神通
進一步尊稱牠為「章魚大仙」
牠的聲勢與行情大漲
成為家喻戶曉的生物

而牠仍是牠

在小小的水族箱中悠遊度日
什麼世界盃足球大賽
它通通不懂不懂不懂
隔著一層透明的玻璃望著
一群又一群奇怪的人影晃動

・奶機妹

在世足賽加油場上
她一副姣好身材
半露出酥胸前兩顆紅透蘋果
蘋果中間夾一隻彩色手機
這個鏡頭透過電視畫面轉播
頓時她成了全球熱門人物

而她更添材加火的說：
「我的國家烏拉圭封王就裸奔」

可惜烏拉圭隊輸了
正當大家若有所失時
她又說了，只要她支持的
西班牙帥哥隊封王她也要脫光光

最後她實現了她的願望
重點不露的脫光了全身
惹火的照片全球免費播放
看來，她才是世足賽最大贏家

（二〇一〇年十月《新文壇》季刊第二十期）

是您，拯救了我

是您，拯救了我
茫茫人海，滾滾紅塵
您，像一盞明燈
時時指引著我
向真、向美、向善
向靈性的道路進發

是您，成就了我
文海縱橫，兩岸馳騁
我像那位唐吉訶德武士

揹著您賜予的寶劍
四處衝撞
無往而不利

是您，圓滿了我
生命中因為有您
宛如烏雲密佈的天空中
出現一道彩虹
如此的燦然、亮麗
讓世人投下驚鴻的一瞥

（二〇一一年年十一月《葡萄園》詩刊一九二期）

草原二首

．詠胡楊

哪裡有沙漠
哪裡就有我
哪裡有草原
哪裡也有我
我，是一棵胡楊
不怕苦，不怕難
只願為人們
撐起一片天空的陰涼

哪裡有絕望
哪裡就有我
哪裡有希望
哪裡也有我
我，是一棵胡楊
在草原上靜靜站立
看牧民們驅趕成群牛羊
歡樂地走過我身旁

・草原之花

一朵草原之花
靜靜地開放在藍天下
風柔柔的吹

雨細細的灑
瞧，它開放得多麼自在
像鄰居那位美麗的姑娘家

一朵草原之花
默默地開放在陰天下
風呼呼的吹
雨無情的打
啊！它終於凋落了
一縷芳魂仍繫戀在草原下

（收入二〇一一年《詩藝天地》詩選集）
（收入二〇一二年香港《草原頌》詩選集）

漂流木傳奇

曾經在高高山頂之上
我是一棵大樹的肱骨臂膀
日日迎著朝陽觀覽群峰
夜夜聽山風怒號林海颯颯

一次超大颱風來襲
我竟被吹折倒地
幾經翻滾跌落溪谷
復被滔滔洪水沖到大海裡

大海茫茫濁浪滔天
我被一次次摔落捧起
直到最後體無完膚
躺在沙灘上奄奄一息

一位有心人士尋尋覓覓
千辛萬苦把我扛回家中
一番辛苦雕刻打磨
我終於修成正果被請上供桌

（二〇一二年二月《葡萄園》詩刊一九三期）
（收入二〇一二年七月《三月采風》詩選集）

《續行的腳印》後記

《續行的腳印》是我的第十一本詩集。

約在六年多前，也就是二〇〇五年春季，由於四川傅智祥詩友的邀約，我將四年多來（二〇〇一年至二〇〇五年春）所寫的百餘首詩作整理後寄給他，由他負責拿到重慶出版社出版了我的第九本詩集《星的堅持》。此後雖然在二〇〇七年夏，我曾因某種原因而出版了一本賞石詩、散文合集《與石有約》，但這本書的出版，基本上是一個「美麗的意外」，書中搜集的五十多首詩作，和本書完全無重複之虞。

經過一番汰選，收集在本書中的詩作共計一二三首（含組詩）。檢視將近六年多來創作的成果，雖不算多但也不算少，基本上自己還算滿意。為了使讀者便於閱讀或評論，我將之粗分為四輯。分別為「感懷與有贈」、「感時篇」、「山水映象」、「抒情篇」。

從年輕時對詩的懵懵懂懂，充滿浪漫激情的追求，到中年對詩的依賴進而仰望，把它視為老友般的傾吐與分享生活中的喜怒哀樂，以至於如今即將邁入花甲之年，對詩自然又有另一番深刻的體悟。詩，最精煉的語言，最美麗的想像，最深刻的意境。限於自己的才華，苦苦追求這幾十年，感覺自己尚未創作出一首自己最滿意的作品（或者說這是對詩永不滿足的追求）。不過這一生，做為一個詩人，我會堅持到底，絕不中途離席。希望往後每五年，自己都能繳出一張成績單，直到生命終止的那一刻。這本詩集之所以取名「續行的腳印」，也是有這種宣誓的味道。

這本詩集中的詩，幾乎有一半都曾經發表在老詩人王幻主編的世界論壇報「世界詩葉」中，我要特別的感謝他的關愛。其餘的作品分別發表在兩岸三地的一些詩、報刊、雜誌上，諸如《秋水》、《海鷗》、《笠》、《綠風》、《超然》、《星光》、《葡萄園》、《紫丁香》等詩刊；《新文壇》、《鄞人天地》、《華夏春秋》等雜誌：《黃河詩報》、《華夏詩報》、《中華日報副刊》、《青年日報副刊》、《人間福報》等報刊。感謝每一位主編給我的機會。當然也要感謝幫這本詩集寫序的彼岸兩位「南北雙古」，感謝慨允為本書出版的秀威出版社。當然也感謝閱讀到這本詩集的讀者，以及不吝給予批評指教的每一位詩的方家。

（二〇一二年五月十五日寫）

續行的腳印
——台客詩集

讀詩人23　PG0787

續行的腳印
──台客詩集

作　　者　台　客
責任編輯　黃姣潔
圖文排版　邱瀞誼
封面設計　陳佩蓉

出版策劃　釀出版
製作發行　秀威資訊科技股份有限公司
114 台北市內湖區瑞光路76巷65號1樓
電話：+886-2-2796-3638　傳真：+886-2-2796-1377
服務信箱：service@showwe.com.tw
http://www.showwe.com.tw
郵政劃撥　19563868　戶名：秀威資訊科技股份有限公司
展售門市　國家書店【松江門市】
104 台北市中山區松江路209號1樓
電話：+886-2-2518-0207　傳真：+886-2-2518-0778
網路訂購　秀威網路書店：http://www.bodbooks.com.tw
國家網路書店：http://www.govbooks.com.tw
法律顧問　毛國樑　律師
總 經 銷　聯合發行股份有限公司
231新北市新店區寶橋路235巷6弄6號4F
電話：+886-2-2917-8022　傳真：+886-2-2915-6275

出版日期　2012年7月　BOD一版
定　　價　340元

Printed in Taiwan

國家圖書館出版品預行編目

續行的腳印：台客詩集 / 台客著. -- 一版. -- 臺北市：
釀出版, 2012.07
面； 公分. --（讀詩人；PG0787）
BOD版
ISBN 978-986-5976-48-4（平裝）

851.486 101011618

讀者回函卡

感謝您購買本書，為提升服務品質，請填妥以下資料，將讀者回函卡直接寄回或傳真本公司，收到您的寶貴意見後，我們會收藏記錄及檢討，謝謝！如您需要了解本公司最新出版書目、購書優惠或企劃活動，歡迎您上網查詢或下載相關資料：http:// www.showwe.com.tw

您購買的書名：______________________________

出生日期：________年________月________日

學歷：□高中（含）以下　□大專　□研究所（含）以上

職業：□製造業　□金融業　□資訊業　□軍警　□傳播業　□自由業

□服務業　□公務員　□教職　□學生　□家管　□其它_____

購書地點：□網路書店　□實體書店　□書展　□郵購　□贈閱　□其他

您從何得知本書的消息？

□網路書店　□實體書店　□網路搜尋　□電子報　□書訊　□雜誌

□傳播媒體　□親友推薦　□網站推薦　□部落格　□其他__________

您對本書的評價：（請填代號　1.非常滿意　2.滿意　3.尚可　4.再改進）

封面設計____　版面編排____　內容____　文／譯筆____　價格____

讀完書後您覺得：

□很有收穫　□有收穫　□收穫不多　□沒收穫

對我們的建議：______________________________

____

____

____

請貼
郵票

11466
台北市內湖區瑞光路 76 巷 65 號 1 樓
秀威資訊科技股份有限公司 收
BOD 數位出版事業部

（請沿線對折寄回，謝謝！）

姓　名：＿＿＿＿＿＿＿＿＿＿　年齡：＿＿＿＿　性別：□女　□男

郵遞區號：□□□□□

地　址：＿＿＿＿＿＿＿＿＿＿＿＿＿＿＿＿＿＿＿＿＿＿＿＿

聯絡電話：(日)＿＿＿＿＿＿＿＿＿＿＿＿(夜)＿＿＿＿＿＿＿＿＿＿＿＿

E-mail：＿＿＿＿＿＿＿＿＿＿＿＿＿＿＿＿＿＿＿＿＿＿＿＿